⑧
身體感覺到疲倦的時候，可能會特別想吃甜的。
☆這個時候，來點噗嚕嚕糖果公司的零嘴如何呢？
噗嚕嚕巧克力
現在吃糖果還附贈五輪匹克運動會的選手卡喔。
⑦
。
，
最便利的咖哩飯，
嚕嚕咖哩
您想吃就吃。
需要加熱
分鐘，就能
嘗到最道地的咖哩滋味。
噗嚕嚕咖哩飯
⑥
沒錯，選手們到這裡也差不多快變軟腳蝦了。
☆萬一跑到腳軟變成軟腳蝦，來一塊炸蝦排補充能量，讓你不軟腳。
請您務必要嘗嘗看由噗嚕嚕食品推出的炸蝦排。
⑤
跑到這裡的選手們應該也差不多口渴了。
只要一提到緩解中暑最有效的飲品，那絕對非噗嚕嚕糖果公司的飲料不可。
☆熱門飲品
冷到讓你掉牙飲
風行世界各國的
噗嚕嚕食品&
噗嚕嚕糖果公司
敬請大家繼續大力支持！
噗嚕嚕 & 摳噗嚕
④
從這裡開始，選手們還要跑過距離長達兩公里的隧道。
☆說到與隧道有關的應景食品，自然就是像隧道一樣兩頭開洞的竹輪和通心粉囉。
噗嚕嚕食品當然也生產了超級美味的——竹輪和通心粉，敬請大家品嘗隧道美食。

怪傑佐羅力之
好吃的金牌

文·圖 **原裕**　譯 周姚萍

「可是，這個馬拉松比賽，
要一直跑到那個超長隧道的終點，
才接近折返點耶。」
「我們幾個加點油可能還可以跑完半馬，
但是要跑完全馬42.195公里，
還想要獲得冠軍摘下金牌，
實在太難了啦。」
「聽好了，金牌裡面可是有祕密的。
如果你們知道是什麼祕密，

你們一定也會想要摘下金牌的。」

「祕密？」

伊豬豬和魯豬豬不由得全豎起耳朵聽。

接著，

佐羅力——

拿出好幾張照片。
那是前幾屆的
金牌選手紀念照。
「你們仔細
看清楚了，
是不是所有選手拍照的時候
都會做出咬金牌的動作呢？」
「嗯，這是很常見的
招牌動作耶。」

「不過突然間，
五輪匹克運動會已經禁止
這個動作了。」
「咦？為什麼？」
「表面上是說，五輪匹克運動會的
選手這樣做會破壞形象，
反正有一堆理由就對了，
事實上這裡面隱藏著一個重大的祕密，
那就是——

只要把金牌的外層揭開來，
裡面就藏著超特別、
最頂級美味的巧克力呀。
所以選手一拿到金牌，
就會想要快點吃吃看，
而忍不住做出
咬金牌的動作。
喏，我再跟你們
多講一點吧……」

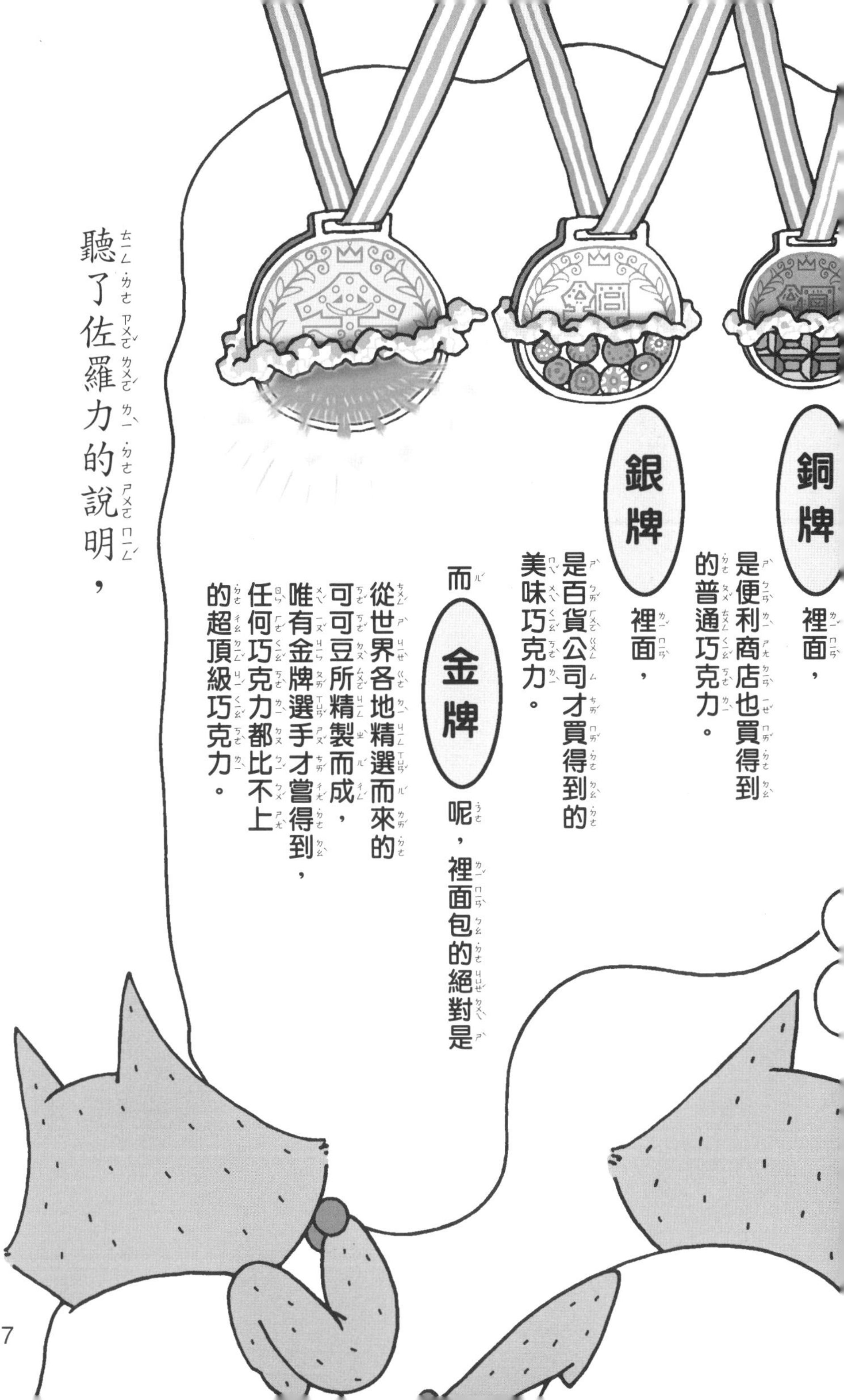

銅牌裡面，是便利商店也買得到的普通巧克力。

銀牌裡面，是百貨公司才買得到的美味巧克力。

而金牌呢，裡面包的絕對是從世界各地精選而來的可可豆所精製而成，唯有金牌選手才嘗得到，任何巧克力都比不上的超頂級巧克力。

聽了佐羅力的說明，

伊豬豬和魯豬豬
全都口水流個不停，
紛紛大喊著：
「我們繼續練習吧！」
於是，他們三個再一次
團結一致的練習
跑馬拉松。

然而，馬拉松競賽的世界
可沒那麼簡單。
不管他們三個多麼努力練習，
還是沒辦法追上
五輪匹克選手的跑步速度，
即使拚盡了全力，也只能完成半馬。
不過，佐羅力他們才不會
那麼輕易就放棄金牌。
於是，佐羅力——

要魯豬豬仿製出看起來很逼真、好讓他們可以進出五輪匹克運動會會場的入場通行證。

他們幾個打算要採取「盜領冠軍選手金牌後竊走巧克力」的作戰策略。

首先，佐羅力他們潛入五輪匹克運動會的開幕典禮，把目標鎖定在看起來很有機會贏得金牌的選手身上。

從今年開始，參賽各國隊伍的國名看板將懸掛在無人機上，由無人機來帶領隊伍前進。

在歡快的音樂聲中，
各國選手們列隊
由懸吊在無人機上的國名看板帶領，
精神奕奕的走入會場。
然而，不管是哪一國的哪一位選手，
看起來體格都很好、戰力都很強。
佐羅力覺得就算在這裡選定目標，
也不能保證那位選手一定會
得到金牌。
與其如此，
倒不如——

找一個看起來很和善的選手，然後再用各式各樣的手段將金牌拿到手，那樣還比較實在。

不過，要怎麼樣才能發現人又好、又有能力可以獲取金牌的選手呢？

這時，

佐羅力瞧見
一架無人機，
上面所懸掛的
國名看板，
寫著他們幾個
很眼熟的
國家名稱。
那就是——

波斯凱王國。

波斯凱王國是位於南方的一個小國，佐羅力他們曾經在冬季五輪匹克運動會的跳臺滑雪比賽中，幫助波斯凱王國一位名叫丹克的青年奪得跳臺滑雪金牌。

☆關於丹克奪得跳臺滑雪比賽金牌的故事請回去看《怪傑佐羅力之恐怖大跳躍》這本書吧。

而且，波斯凱國王難以忘卻選手奪金的美好滋味，所以在這次夏季五輪匹克運動會，又送了跑馬拉松的達利魯和吊單槓的古倫兩位選手來參加比賽。

然而，跟著遊行入場行進隊伍中的兩人，
模樣卻看起來怪怪的。
他們一個垮著肩膀、眼神呆滯。
另一個則是走路搖搖晃晃的，
看起來像是馬上就要倒下似的。

佐羅力他們看了感到很奇怪，
於是在開幕式的典禮結束後，
就趕往選手村去探望
波斯凱王國的兩位選手。
當門一打開——

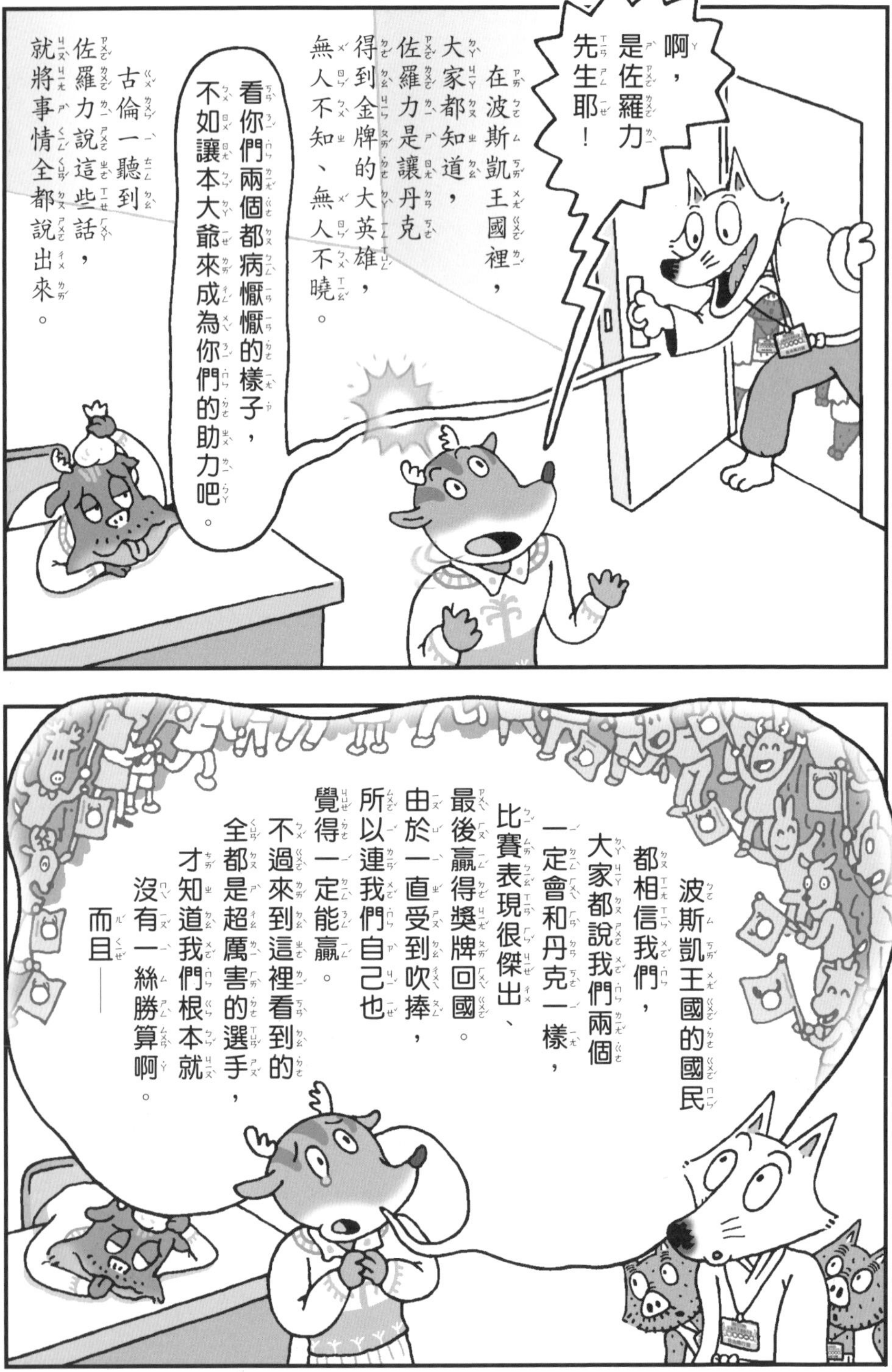

啊，是佐羅力先生耶！
在波斯凱王國裡，大家都知道，佐羅力是讓丹克得到金牌的大英雄，無人不知、無人不曉。
看你們兩個都病懨懨的樣子，不如讓本大爺來成為你們的助力吧。
古倫一聽到佐羅力說這些話，就將事情全都說出來。
波斯凱王國的國民都相信我們，大家都說我們兩個一定會和丹克一樣，比賽表現很傑出、最後贏得獎牌回國。由於一直受到吹捧，所以連我們自己也覺得一定能贏。不過來到這裡看到的全都是超厲害的選手，才知道我們根本就沒有一絲勝算啊。而且——

這位達利魯選手來的時候
罹患了流行性感冒，
他到底能不能參加
馬拉松比賽還不知道呢。
再說，我如果想奪牌，
明天的單槓演出
一定要盡善盡美才行。
偏偏我結尾時的
「大車輪動作」，
每次大旋轉之後的著地動作
總是會失敗；
我只要一在意能不能夠
順利著地，
就沒辦法好好發揮。
對於我這個要命的
弱點，到底該怎麼辦
才好呢？
佐羅力先生。

我非得要得到獎牌不可，
要不然我就沒臉回波斯凱
王國了。
哇
嗚
好，我知道了。
古倫，你只要依照平常的
水準輕鬆表演就行了。
我一定會讓你
得到金牌的。
為了我，喔，
不，是為了國王
拿到金牌吧。
嘻嘻呵呵。
聽到佐羅力如此堅定的說，
古倫的心裡也湧起滿滿的自信。

沒想到，等到第二天，古倫親眼目睹了其他選手的完美演出之後，原本湧起的自信立刻消失得無影無蹤。這時，負責充當教練的魯豬豬跑過來，對他說：

你還好嗎？佐羅力大師說，只要把這個健康磁石貼在腳底，就可以促進血液循環，讓你順利完成最後的著地動作喔。

古倫聽從建議將健康磁石貼在他兩隻腳的腳底，

彷彿真的頓時全身感到充滿力氣。
終於，輪到古倫上場了。

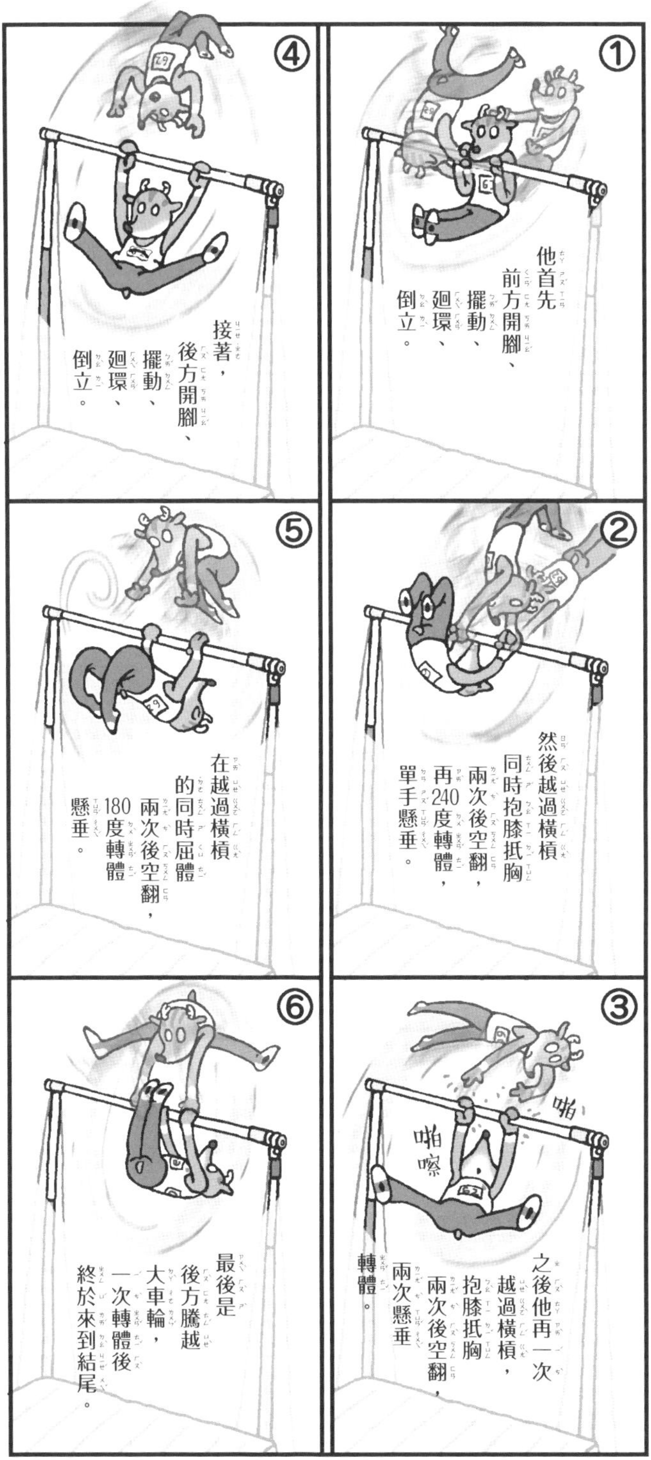
①
他首先
前方開腳、
擺動、
迴環、
倒立。
②
然後越過橫槓
同時抱膝抵胸
兩次後空翻，
再240度轉體，
單手懸垂。
③
啪
啪嚓
之後他再一次
越過橫槓，
抱膝抵胸
兩次後空翻，
兩次懸垂
轉體。
④
接著，
後方開腳、
擺動、
迴環、
倒立。
⑤
在越過橫槓
的同時屈體
兩次後空翻，
180度轉體
懸垂。
⑥
最後是
後方騰越
大車輪，
一次轉體後
終於來到結尾。

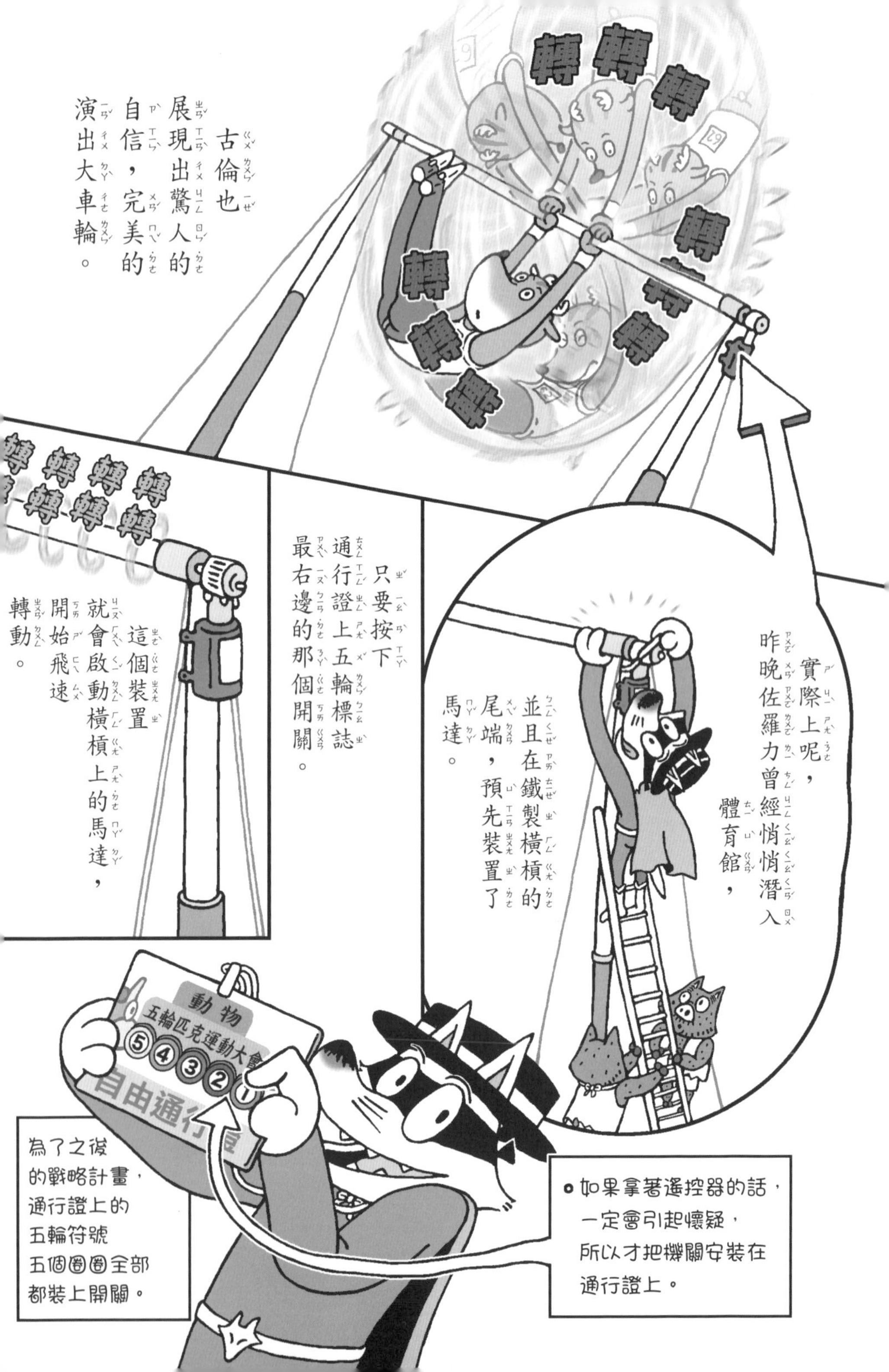

古倫也展現出驚人的自信，完美的演出大車輪。
轉轉轉轉轉轉轉轉
轉轉轉轉轉轉轉轉
實際上呢，昨晚佐羅力曾經悄悄潛入體育館，
並且在鐵製橫槓的尾端，預先裝置了馬達。
只要按下通行證上五輪標誌最右邊的那個開關。
這個裝置就會啟動橫槓上的馬達，開始飛速轉動。
動物
五輪匹克運動大會
⑤④③②①
自由通行證
如果拿著遙控器的話，一定會引起懷疑，所以才把機關安裝在通行證上。
為了之後的戰略計畫，通行證上的五輪符號五個圈圈全部都裝上開關。

好了，終於要著地了。想不到自鐵桿鬆手躍下的古倫，他的身體居然以超強的力道向前飛去，越過墊子好大一段的距離。

喔，這樣看來古倫選手應該很難順利在墊子上著地，可能會大大扣分。

不，古倫，別擔心。你要相信本大爺，來，你把腳底朝向地面——

古倫一聽令，照著這麼做，佐羅力馬上按下通行證上的第二個開關。

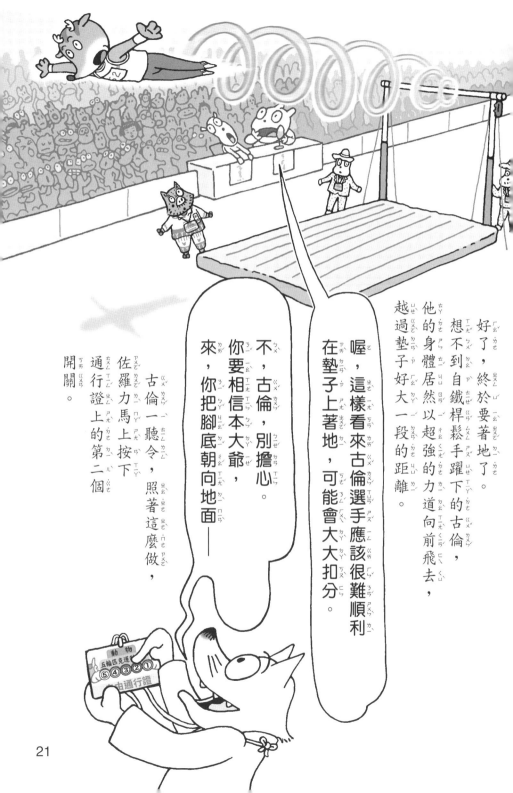

那麼，結果如何呢？古倫的雙腳，看起來就像是被墊子給吸過去，超完美的落地，而且穩穩的站在墊子上面。

「喔！真的是前所未見的完美落地呀！」體育播報員興奮的喊道，會場中的所有人也都站起來，給古倫最熱烈的掌聲。

●只要一按開關，強力電磁鐵就會產生超強的磁力。
嗶嗶嗶
嗶嗶嗶
喀嚓
⑤④③②①
自由通行證

事實上，這也是昨天夜裡，佐羅力在墊子裡塞進了強力電磁鐵的緣故。

通行證上的2號開關一按下去之後，電磁鐵立刻通電，貼在古倫腳底的健康磁石便會被強力電磁鐵吸住，因此能夠穩穩的站上墊子完美落地。

佐羅力隨即關上開關，
魯豬豬則跑進比賽會場，
想要拿走墊子裡的電磁鐵。
這當然是為了湮滅證據。
不過由於魯豬豬動作磨磨蹭蹭的，
雖然他把電磁鐵拿出來了，
但也引起工作人員的懷疑，朝他跑過來。
「喂，等一下，你在那邊
做什麼？」

6.41

魯豬豬急急忙忙的將他手中的電磁鐵塞進嘴裡，吞下去。這樣就不會留下證據了。

就在魯豬豬掩藏證據、消除嫌疑的時候，會場突然傳來一陣歡聲雷動。古倫的分數顯現在計分板上了。

可惜他與排名第一的選手，分數僅僅差距零點一分，因此只得到銀牌。

喔，我看到有垃圾
掉在墊子上，我只是
把垃圾撿起來而已。

儘管如此，古倫還是欣喜若狂。

只要有了這面銀牌，

他和達利魯已經能抬頭挺胸回國了。

古倫想要向佐羅力他們道謝，

卻遍尋不著他們三人的身影。

這也是當然的，

佐羅力他們一知道沒得到金牌，

就立刻展開另一個作戰計畫。

那就是——

佐羅力他們的下一個目標就在這兒。

咦？他們人跑去哪兒呢？親愛的各位，請看看領獎臺的下方。

佐羅力就像變色龍一樣，將自己的臉畫上與臺子、地板一樣的色彩。

他張著大大的嘴巴等待著，他在等什麼呢？

他到底要做什麼呢？

只要到領獎臺的後方瞧一瞧，就會知道答案了。

原來，伊豬豬假扮成工作人員，
手裡正拿著一把高枝剪，
他打算從後方剪掉
冠軍選手脖子上的金牌緞帶。
如果計畫順利進行的話，
金牌就會筆直掉入下方
佐羅力張得大大
的嘴裡。

伊豬豬已經將
五輪匹克工作人員
的襯衫和帽子
弄到手了。

不過，
由於金牌得主
為了拍照要擺出各種姿勢，
還要回應觀眾的歡呼喝采，
他不停的動來動去，
伊豬豬的剪刀很難對準緞帶，喀嚓剪下。
幸好，只要演奏國歌，大家都要立正站好，
注視獲勝國家的國旗緩緩升起。
這就是絕佳時機！

不趕快將電磁鐵從肚子裡拿出來的話，對身體很不好吧……

偏偏這時，金牌得主

因為太感動了，

竟嚎啕大哭了起來。

他的眼淚、鼻水，甚至口水唾液，全都像是傾盆大雨一般流洩而下。

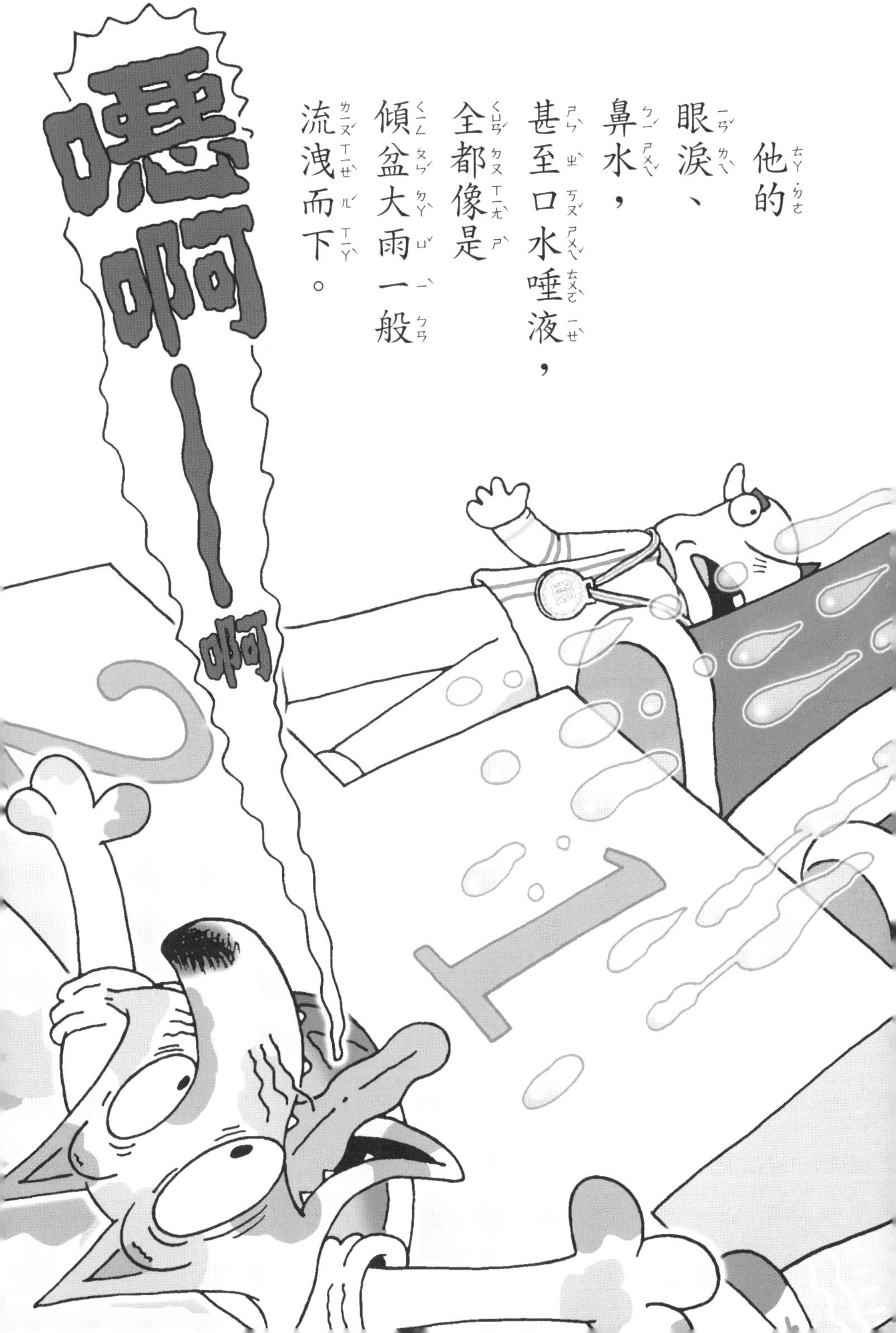

「真的是倒了八輩子的楣啦。」

從領獎臺下落荒而逃的佐羅力，一飛奔到洗手臺，就拚命的洗臉，並且一次又一次的漱口。

咕嚕嚕咕嚕嚕咕嚕嚕咕嚕咕嚕咕嚕
呀喝～

這時，
他的後方走過
一支歡天喜地的隊伍。
那是剛贏得排球比賽的
優勝隊伍。
因為是團體賽，
隊伍中的每一位隊員
都可獲得一面金牌。
這時佐羅力突然想到一個點子。

太好了——金牌到手了！
總算能上臺領獎了喲！
大家都很努力呢。

（如果能混進這個隊伍，
一起參加頒獎典禮的話，
本大爺就會被誤以為是選手，
應該脖子上也會被掛上金牌吧？）

「好，就這麼辦。」

佐羅力偷穿排球隊的隊服
然後跟在隊伍後頭走，
他還故意站在第一名領獎臺
的最邊緣。

頒獎人依照順序，
從隊長開始頒獎，
一一將得獎金牌掛在
每個隊員的脖子上。
啊，終於要輪到佐羅力了。
為了不要露出破綻，
佐羅力低下頭
把臉藏起來，
小心翼翼的伸長脖子。

可是頒獎人卻發現，
已經沒有多餘的金牌了。

如果在頒獎典禮上
發生什麼閃失，
那問題可就大了。
五輪匹克的工作人員全都
慌慌張張的聚集過來，
還找來選手名冊，

仔細確認
金牌的數量，
現場一片混亂。

佐羅力太天真了，
他還以為會多出一面金牌，
能讓他矇騙到手。
如果繼續待在這裡，他遲早會被識破是假選手。
（一刻都不能遲疑，非得盡快逃離這裡不可。）
佐羅力想到一個辦法，他開口說：

「隊長，我太緊張，
快要尿出來了。」
隊長看著蹲在
隊伍最後的佐羅力，
他心想：

喂喂，
這可是很神聖的領獎臺，
如果我成了一個讓隊友在這裡
亂撒尿的金牌隊伍隊長，
一定會在歷史上留下臭名，
被世人取笑。

快快快，快去上廁所！
尿完之後
就趕緊回來。

聽見隊長的命令，
獲准離開的佐羅力，

遵命！

立刻跳起來，
然後活力百倍的
躍下領獎臺，
朝著廁所狂奔而去。

呼——嚇死我了。在恢復平靜之前，我先一個人躲在廁所裡面休息吧。
嗚哇——借過，借過。
咚
大衛委員，頒獎典禮就要開始了，請你快點回到會場來啊。
嗚哇——肚子好痛好痛好痛。
砰咚

這樣啊，裡面那位名叫大衛的委員，身上配戴有頒獎人的肩背帶與臂章，太好了，本大爺的機會來了。
痛痛痛，啊——嗚——難受死了——

大衛委員，頒獎時間已經到了，不如讓我先代替你去擔任頒獎人如何？
好哇——真是幫了我一個大忙。
那麼，請穿上這個，確實的執行任務，拜託了——

佐羅力將頒獎人的肩背帶與臂章全都配戴妥當以後，就立刻跑回即將進行頒獎典禮的田徑賽場上。

由於大衛委員的身體出了一點狀況，所以委託我代替他來頒獎。
快點，快點來。

工作人員已經忙得連確認佐羅力身分的時間都沒有了。

典禮隨即展開，

佐羅力將銅牌、銀牌，一面接著一面

掛在得獎的選手脖子上。

唉呀呀，期待已久的金牌終於遞到佐羅力手上了。

想也知道佐羅力哪可能將金牌交出去，

掛在選手的脖子上呢。

「金牌我就收下嘍——」

佐羅力緊緊抓著金牌，

以最快速度拔腿狂奔而去。

然而，
這一面金牌的得主，
是創下世界新記錄，
以九秒多跑出一百公尺冠軍
的短跑選手波托魯。
居然妄想要搶走金牌，
真是太可惡了！
波托魯立刻跳下領獎臺，
轉眼之間

就追上去
抓住佐羅力。
「你想幹嘛！
這面金牌是我的。」
波托魯從佐羅力手中
奪回金牌，
並且準備將他
送交給追上來的警察，
這時——

剛好響起波托魯代表國家的國歌。

莊嚴肅穆的頒獎典禮儀式，仍然在持續進行。

波托魯聽到國歌，

他驕傲的挺直背脊，眼睛注視著國旗升起。

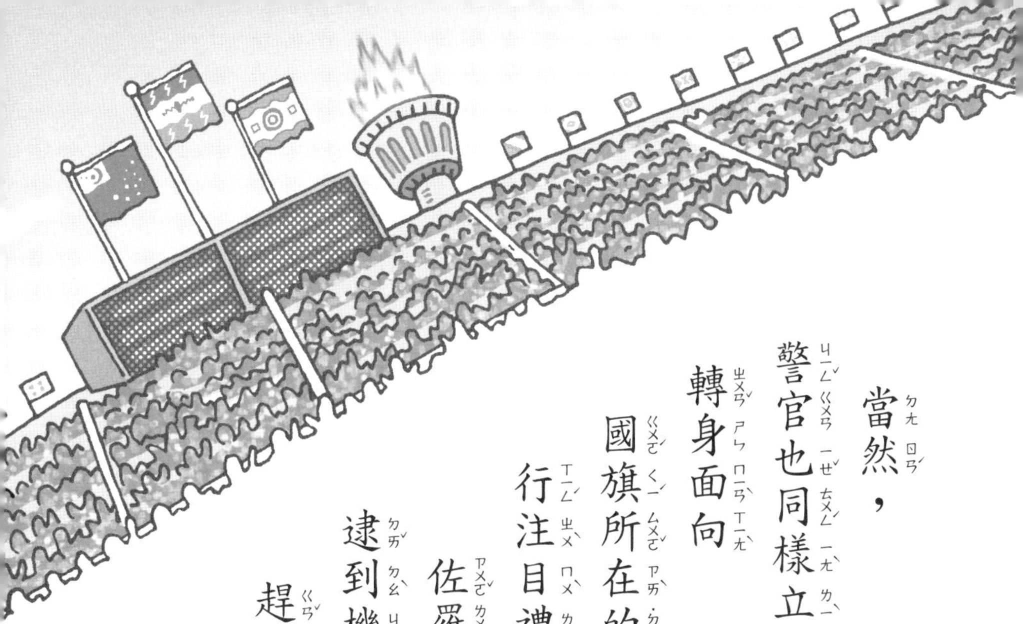

當然，警官也同樣立正轉身面向國旗所在的方向行注目禮，表示尊敬。

佐羅力終於逮到機會，趕緊偷偷逃出田徑賽場。

1

接下來，佐羅力為了拿到金牌，挑戰了各式各樣的方法，然而……

他穿上五輪匹克大會吉祥物「五輪娃」的服裝接近金牌選手，想趁著與選手擁抱時，從衣服胸口上的洞口機關把手伸出來，將金牌拿到手。可是——
五輪娃

他準備逃走時，由於看不清楚方向，加上玩偶服裝的腿太短，根本沒辦法順利邁步跑，最後跌了四腳朝天，連金牌也被拿回去了。
哈哈哈哈，五輪娃，討厭啦，你別開這種無聊的玩笑嘛。
碰咚

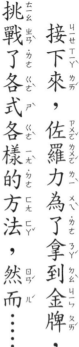

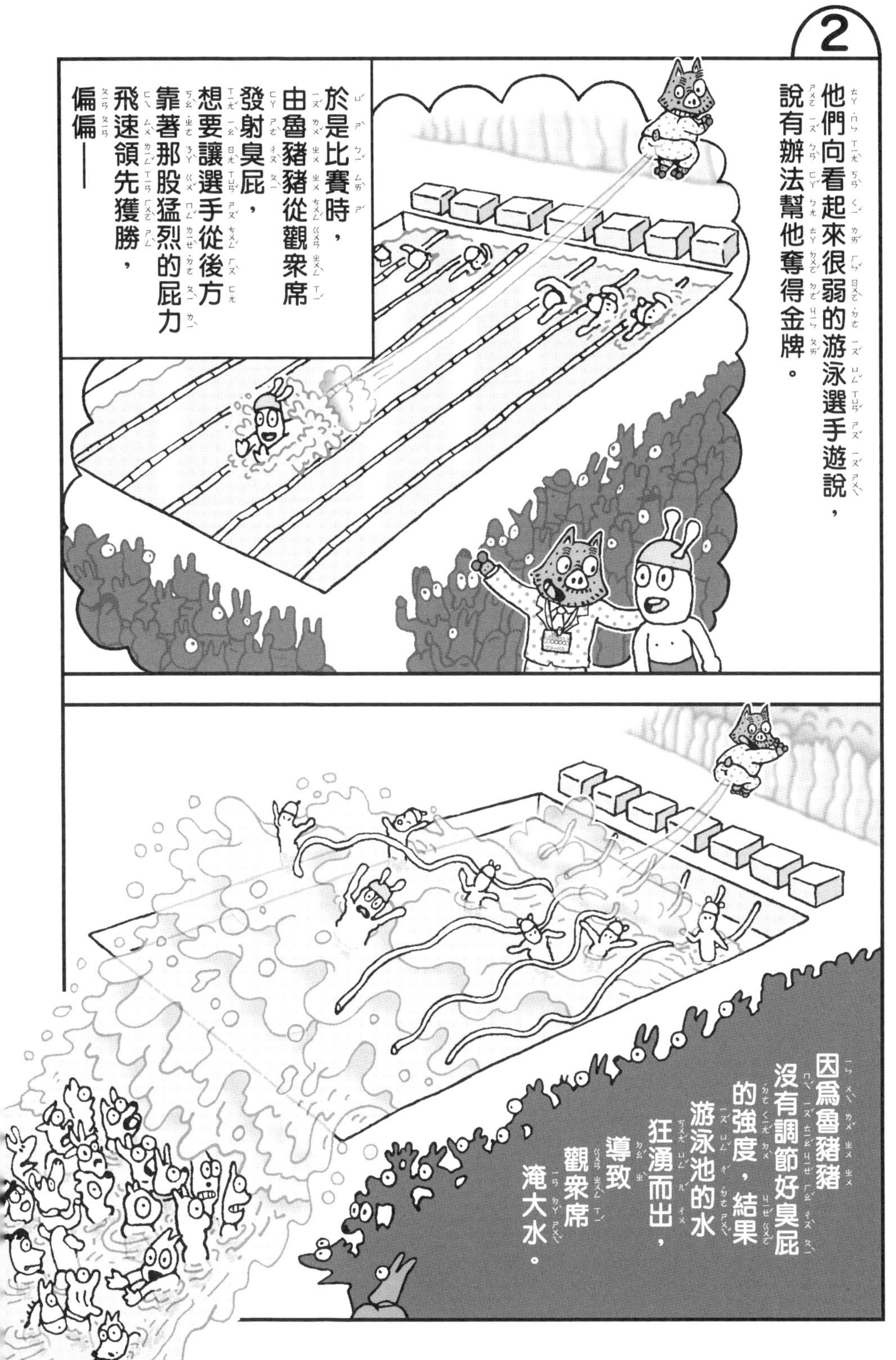
2
他們向看起來很弱的游泳選手遊說，說有辦法幫他奪得金牌。
於是比賽時，由魯豬豬從觀眾席發射臭屁，想要讓選手從後方靠著那股猛烈的屁力飛速領先獲勝，偏偏——
因爲魯豬豬沒有調節好臭屁的強度，結果游泳池的水狂湧而出，導致觀眾席淹大水。

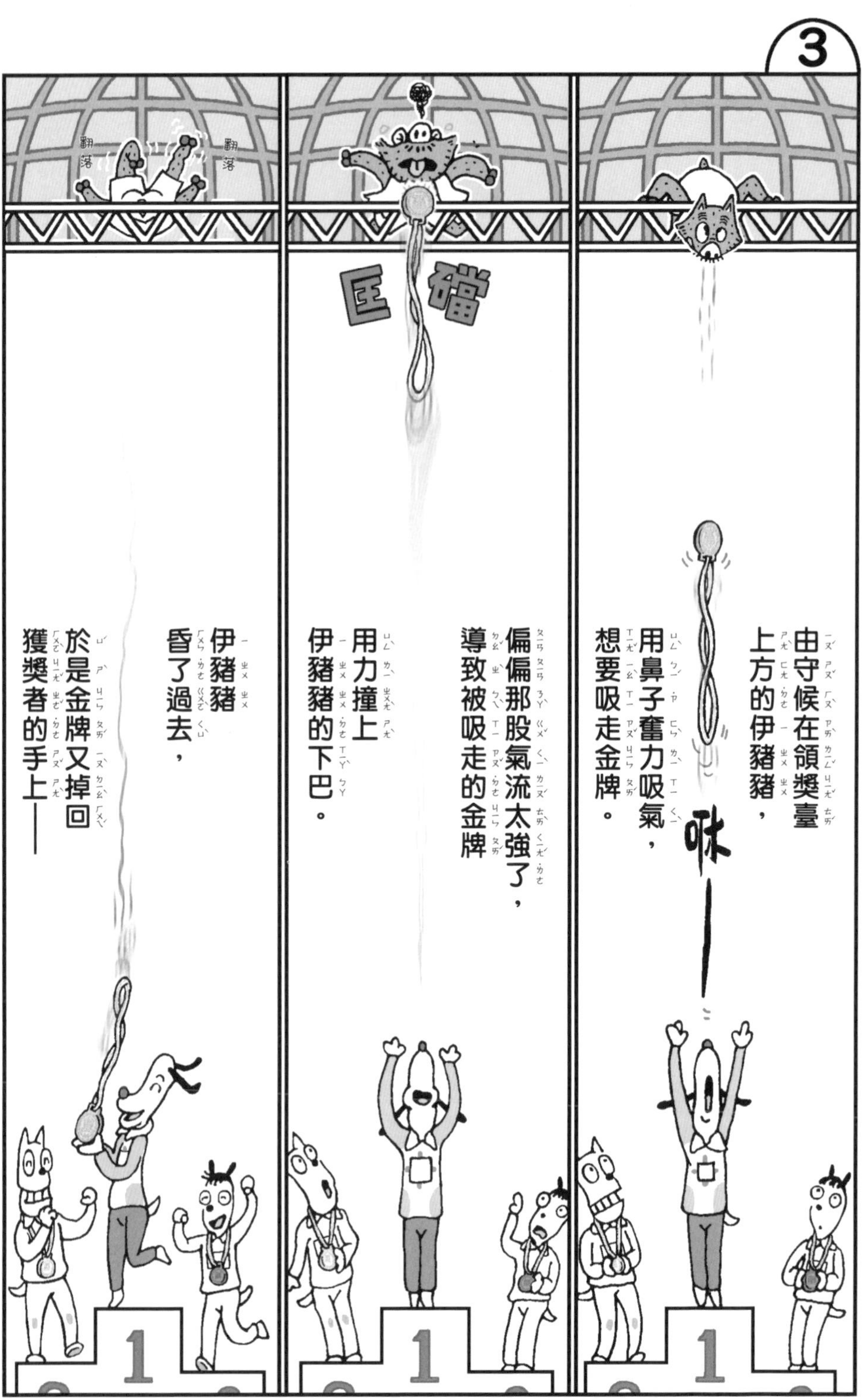
3
由守候在領獎臺上方的伊豬豬，
用鼻子奮力吸氣，
想要吸走金牌。
咻——！
匡噹
偏偏那股氣流太強了，
導致被吸走的金牌
用力撞上
伊豬豬的下巴。
翻落
翻落
伊豬豬
昏了過去，
於是金牌又掉回
獲獎者的手上——

佐羅力想襲擊金牌得主，
搶奪金牌，沒想到對方是
柔道冠軍，
結果被用力拋飛了。

他還想要搶走
水球選手
手中的
金牌，
卻被丟過來
的水球
狠狠砸中。
哇啊。

總之，不管哪一種方法，
最後都是以失敗收場。

終於快到了五輪匹克運動會的尾聲，這也是佐羅力最為焦心憂慮的時刻。他聽說波斯凱王國來的那位罹患流行性感冒的達利魯選手，身體還未痊癒，根本沒辦法參加明天的馬拉松賽跑。

「這是最後的機會了，不如就由伊豬豬代替達利魯出場吧。」

不過，如果要以堂堂正正的方式參賽，他們是不會獲勝的。

於是，佐羅力他們悄悄潛入倉庫；

那座倉庫裡面存放著
一架架在開幕式時使用過，
用來吊掛各國國名看板的無人機。
佐羅力動了動腦筋，
他想好好利用無人機，
讓伊豬豬能一舉獲勝。
不過突然間，
他的眼前出現了
一個地洞——

原來是鼠帝。
國際大盜鼠帝一向是佐羅力的對手。他不知從何處挖著地洞進來，潛入了這座倉庫。
啊，是佐羅力呀，難道你也想來偷無人機趁機大賺一筆呀。
這不是鼠帝嗎？嘿，鼠帝，這裡有比無人機更值錢的金牌，你想不想要啊？
想！
東西在你手上嗎？
想更了解鼠帝相關事蹟的讀者，可以閱讀《怪傑佐羅力之名偵探登場》以及《怪傑佐羅力之偷畫大盜》、《怪傑佐羅力之恐怖超快列車》這幾本書裡都有鼠帝與佐羅力他們的精采對手戲哦。

東西還沒到手啦。不過接下來，這位伊豬豬將參加馬拉松賽，他一定能贏得金牌。這個傢伙一心只想得到五輪匹克運動會第一名的榮譽，所以，到時候金牌送給你也沒問題喔。
唔？真的嗎？那我一定要讓這面金牌成為我的收藏品。嗯嘿嘿嘿嘿。
對佐羅力他們而言，能把金牌裡面的巧克力拿到手就好了，反正金牌的外殼只是美麗的包裝而已。
那麼，我們非得拜託你幫忙一下不可了。
哦，這樣嗎，那我該怎麼做呢？

鼠帝聽了覺得興致勃勃——

其實你只要在馬拉松賽的折返點，輕鬆挖個洞就好。
佐羅力展開馬拉松比賽路徑的地圖仔細說明，鼠帝聽了點點頭，表示沒問題。
只要你能完成這個工作，我就會在頒獎典禮的會場上，親手把金牌交給你。
這個簡單，沒問題。
就這麼說定了！
鼠帝就這樣從洞口消失，之後——

佐羅力對伊豬豬和魯豬豬說出他所想的那個絕對可以在馬拉松比賽贏得金牌的不敗計畫。

「好棒的作戰策略耶。」

「好——那我也要加油囉。」

他們三個立刻開始著手為明天的比賽做準備。

大家好，這裡是晴空萬里、陽光普照的比賽會場。眾所期待、最受矚目的五輪匹克運動會馬拉松賽事，即將揭開序幕。我是擔任實況轉播的安吱紳一郎，我身邊的解說員則是高橋萌喵小姐。
安吱紳一郎
砰——
答答答

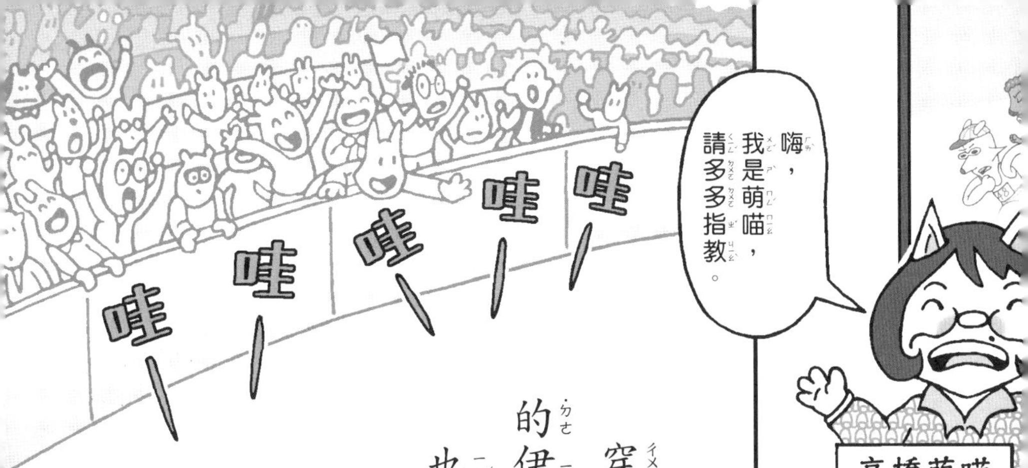
哇
哇
哇
哇
哇
嗨，我是萌喵，請多多指教。
高橋萌喵

穿著波斯凱王國選手服的伊豬豬，也混在這群參賽者當中。

大批的馬拉松選手們一個個繞場跑過賽場兩圈，接著朝場外飛奔而去。

答答

離開賽場已經過了三十分鐘，
原本成群結隊奔跑的選手，
隨著隊伍逐漸拉長，變得零零落落。
最有希望獲得冠軍的飛毛腿選手阿貝巴，
一馬當先，領先群雄。

伊豬豬也展現他苦練的成果，
緊緊追隨在後，跑在隊伍的前面。
然而就在這時，
播報員突然臉色大變。

鏡頭立刻切換到折返點那兒——

是，是的——
我是位於折返點的白田。
如同觀眾們所見，
由於馬路旁地底的水管爆裂，
從柏油裂縫中噴發出來的泥土
裡頭飽含水分，
導致附近一片泥濘。
請由這裡折返回終點

大家應該都猜到了，正是佐羅力委託鼠帝在這裡挖洞，才會導致水管破裂，造成馬路一片泥濘。
真是一件輕鬆的差事，嗯嘿嘿嘿嘿。我看，在比賽結束之前，就來喝杯咖啡，等著金牌到手吧。
幸好事發地點位在道路邊緣，對主要的跑道不至於造成影響。主辦單位目前暫時先用三角錐圍住水管破裂的泥濘區域，初步看來比賽應該可以繼續進行下去沒問題。安吱先生，現場狀況如以上報導。
所幸沒有釀成嚴重災害真的是太好了。那麼……
鏡頭才切換回去比賽現場——

領先的選手阿貝巴正好連同其他三位最具勝算的參賽者，他們一起加快速度，跑進隧道中。
伊豬豬和其他的跑者，落後他們一段相當大的距離，差不多有一公里左右的差距，他們也緊跟著跑進隧道。
一出這個隧道，就會抵達折返點，目前落後的跑者群，將會在這裡以怎樣的方式逼近與三位領先者間的距離，會是這次比賽輸贏的關鍵。
啪喳
咦
高橋
安吱紳一郎
伊豬豬

此時，電視畫面裡播放著「稍候回來敬請耐心等候」的跑馬燈。

不過，在電力尚未恢復之前，領先的幾位跑者已經跑出隧道洞口了。

咦？怎、怎麼會這樣——

唉呀，隧道怎麼會突然停電了，現在大會的工作人員已前往檢查，正在積極找出原因。
稍候回來
敬請耐心等候
高橋萌喵
安吱紳一郎

阿貝巴

這當然又是佐羅力搞的鬼。
他一按下
入場通行證上
的第三個
按鈕，

他再按下
第四個按鈕，
讓預先放在隧道中
待機的兩臺
無人機，
飛過去

沒想到領先跑出隧道的四名跑者中，竟然也包括伊豬豬。究竟在停電的隧道裡發生了什麼事呢？

隧道立刻就停電了。
啊？
咦？
唔？
抓起伊豬豬，
一直飛到三位領先跑者群那裡才放他下來。
啪
啪
著地
？
？
？

高橋萌喵
吱紳一郎
能在那麼短的時間內就追上領先的三名跑者，這應該就是所謂的最後衝刺了吧，萌喵小姐。
沒錯。不過，他好像已經體力不支了，請看——

不知道內情的播報員，對於這位突然出現的天才跑者，完全掩藏不住他內心的驚訝。

解說員所指的
是在折返點那兒，
伊豬豬跑著跑著
竟然脫隊離開
其他三位領先的跑者，
正搖搖晃晃的
跑向因為水管爆裂
而遍布泥濘的路上。
而且……

最後，伊豬豬還一頭栽入混濁的泥水之中。

急救人員連忙扛著擔架，往倒入泥水中的伊豬豬那兒跑過去。

這時……

果然是追趕過頭、超越負荷了。看來他即將在這裡功虧一簣、不得不棄權退賽了。
高橋萌喵
安吱紳一郎

伊豬豬居然
從泥水中
猛的跳出，
一副完全沒事的模樣，
他邁開腳步
努力朝著
領先在前面的
三位選手
追趕過去。

沒錯。
請看看伊豬豬，
他利用供水站的水，
沖掉身上泥巴後的模樣——

哦，好驚人的恢復能力。
真的，簡直像是換了一個人似的跑得速度飛快。
高橋萌喵
安吱紳一郎

偷偷互換身分的騙術

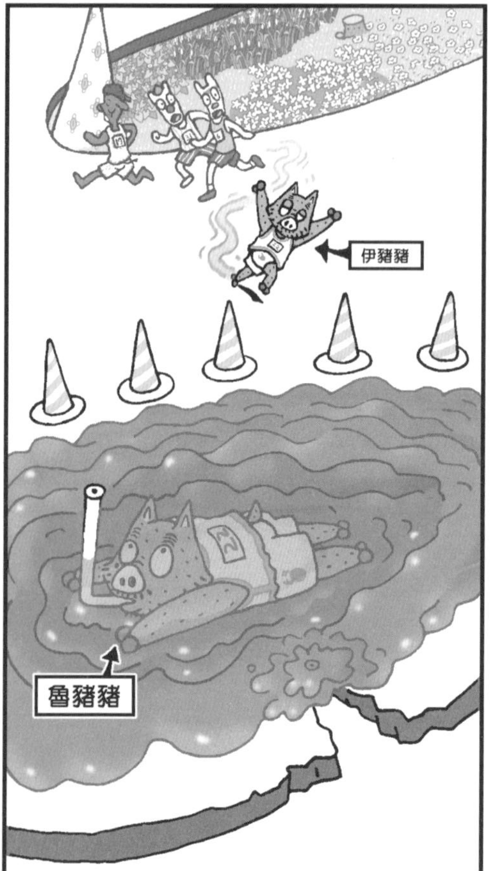

魯豬豬很早就躲藏在由鼠帝挖洞所造成的泥濘中。

觀察力敏銳的各位讀者，當你們看到跑者右臉頰的黑痣，應該就曉得這其實是由魯豬豬在神不知、鬼不覺的情況下替換了伊豬豬吧。

由佐羅力燒腦構思

伊豬豬和魯豬豬

就在伊豬豬一頭栽進泥濘中的那一瞬間，
魯豬豬猛的跳出來。
伊豬豬
魯豬豬
然後一副若無其事的樣子，開始往前奔跑、追趕。
伊豬豬
魯豬豬

然而，正屏氣凝神、全心觀賞著這場比賽的所有人，沒有一個人發現不對勁。

各位觀眾，那位擠身於前幾名領先者的無名選手，現在以驚人之姿追趕著最具冠軍相的選手阿貝巴，他的相關資訊已經來到我的手上了。原來他是來自波斯凱王國的達利魯選手。資料上寫著，選手達利魯原本因患上流行性感冒而棄權，卻又在比賽前奇蹟似的恢復了。
裡折返回
17
22
安吱紳一郎

波斯凱王國的跳臺滑雪選手丹克
在冬季五輪匹克運動會跳臺滑雪比賽中，
曾以優越成績獲得一面金牌。
而參加單槓比賽的古倫選手剛才也得到銀牌。
假使在這次馬拉松比賽中，
選手達利魯也能夠奪得獎牌的話，
那麼波斯凱王國的選手將全部是得獎者，
真是太優秀了！
這將會是動物五輪匹克運動會有史以來，
最令人稱道的比賽紀錄。
萌喵

在選手村裡，有人正專心一意的緊盯螢幕，
收看著電視實況轉播——

「對了！一定是
佐羅力先生他們覺得

那就是波斯凱
王國的單槓選手
古倫。

我們的國家代表隊只有兩位選手，
卻有一位因病無法參賽，
實在是太可憐了，
魯豬豬先生才會因此穿上達利魯的制服去參加比賽。
他們的心腸真是太好了。
我一定一定要替魯豬豬先生加油才行。」
於是古倫急急忙忙趕往馬拉松比賽的終點
田徑賽場。
這時——

跟伊豬豬交換後，
原本體力極為充沛的魯豬豬，
似乎跑得有些得意忘形，
他從一開始就衝得太猛、太快。
因此，他跑著跑著
雙腳漸漸感覺到沉重，
愈來愈跑不動了，
實在很難贏過
始終維持自己步調的

選手阿貝巴。

不知不覺中，兩人之間的距離愈拉愈遠。

不過，佐羅力早就連他會發生這樣的狀況都考量到了。

他按下入場通行證的第五個按鈕啟動機關，這時奔馳於參賽者前方白色摩托車車上的置物箱——

瞬間彈跳出一顆飯糰。

一看見自己最心愛的食物，

魯豬豬奔跑的速度又再次加快了。

他與選手阿貝巴再一次展開了了一場

「你追我趕、勝負難分」的拉鋸戰。

不過，當白色摩托車完成引導任務，

在進入田徑賽場前

改朝岔路駛去時，

魯豬豬竟然

也跟著
追過去，
因此偏離了跑道。
工作人員連忙跑過去
制止魯豬豬，
同時引導他回到正軌。
於是魯豬豬與阿貝巴，
大約同時跑進賽場……

觀眾們雷動的歡呼聲，正迎接著他們。

不過，眼睜睜看著飯糰離他遠去的魯豬豬，很明顯的大大失去繼續向前衝的動力。

然而，此刻佐羅力已經無法再拉魯豬豬一把了。

只能期待魯豬豬能加油，自己加把勁。

看著敵隊選手不斷加速，魯豬豬落後的愈來愈多了……

進入最後一程，選手阿貝巴終於展開他的最終衝刺。

5公里、6公里、

7公里。

兩人的差距很快拉開了。

佐羅力看到這個狀況，已經放棄了他的金牌夢。

他在心中暗暗發誓，要以四年後的五輪匹克運動會為目標，訂定出更加周全的計畫來進行挑戰。

波斯凱王國的古倫急匆匆趕到現場。古倫一看到站在終點線前的佐羅力，就對他說：

「啊，
佐羅力先生，
託您的福，
我才能獲得銀牌。
我一直在找您，
想要向您道謝。
對了，我一定要把這個
還給您……」

古倫交給佐羅力的是……

是兩個健康磁石。古倫在比賽之後，還一直把健康磁石貼在腳底，忘了拿起來。佐羅力一看到這個東西——
啊，對了！
他大聲喊了一聲，立刻把懸掛在胸前的入場通行證拿起來，按下第二個按鈕。

此時正是選手阿貝巴即將衝過終點線的時刻。
魯豬豬卻突然衝過去，反而率先越過終點。
原來啟動開關後，他之前吞進肚子裡的電磁鐵通了電，就被古倫握在手上的健康磁石給吸引過去了。
啪咻ノ咻
啪搭

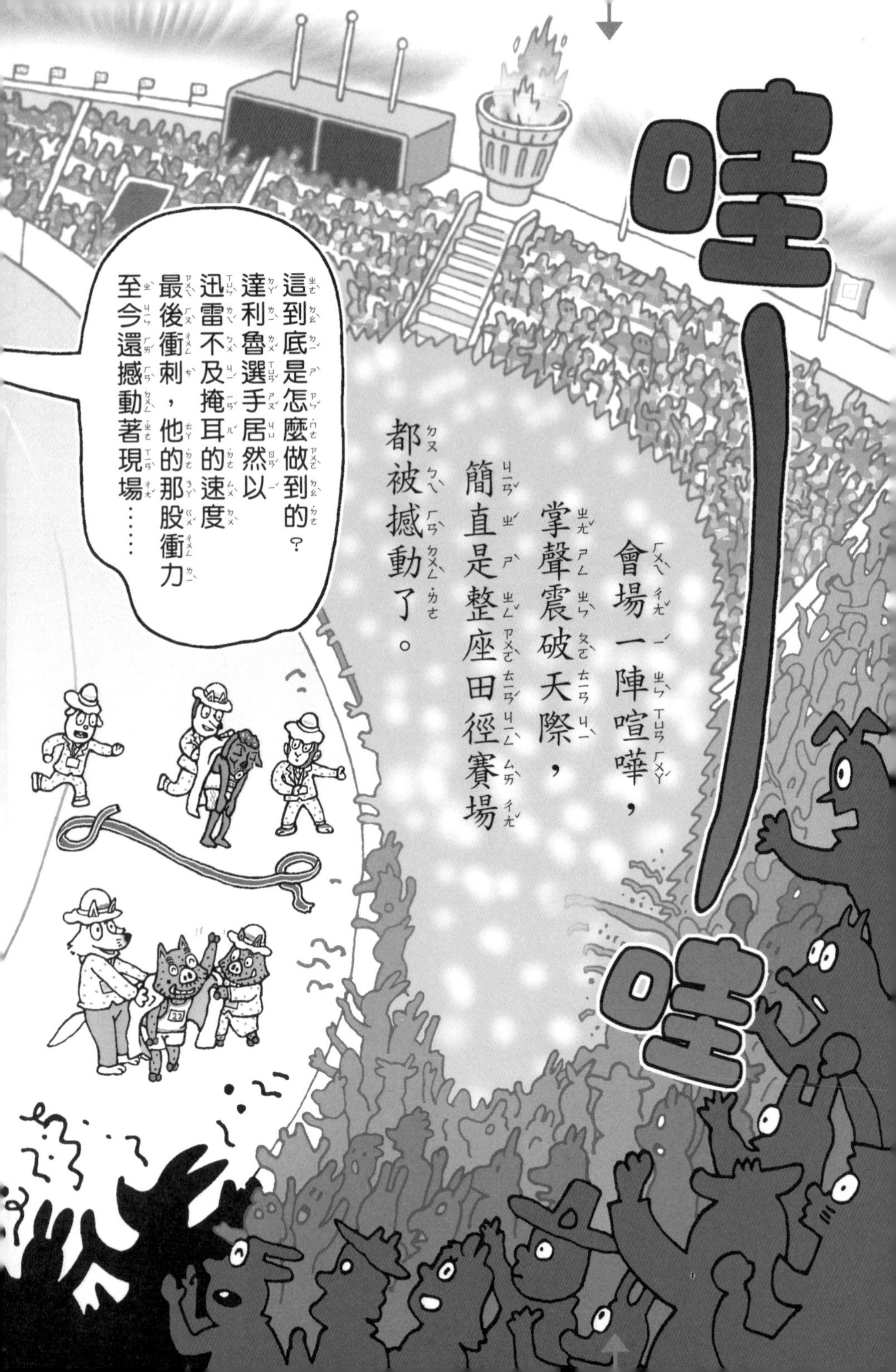

哇——哇
會場一陣喧嘩，掌聲震破天際，簡直是整座田徑賽場都被撼動了。
這到底是怎麼做到的？達利魯選手居然以迅雷不及掩耳的速度最後衝刺，他的那股衝力至今還撼動著現場……

高橋萌喵
安吱紳一郎
是的，這場將會名留青史的逆轉勝，
就發生在我們眼前。
非常感動選手們能夠向大家展現這樣一場
最能呼應五輪匹克運動會尾聲的完美賽程。

解說員也稱讚這場比賽很精采。
接下來終於到了佐羅力他們
殷殷期盼的頒獎典禮。
他們心心念念的金牌也總算要
到手了。

魯豬豬登上領獎臺的最高處，
他伸長了脖子，讓頒獎人為他掛上
沉甸甸的金牌。

「成功了！」

站在領獎臺後方的佐羅力和伊豬豬，
也跟著比出勝利的手勢。
接著只要等播放國歌、
升起國旗的儀式結束，
就能拿出金牌裡的巧克力。

不過，他們等了好一陣子，
波斯凱王國的國歌卻沒響起。
仔細一看，古倫選手正在賽場的另一頭
被五輪匹克運動會的工作人員攔住，
不知道在追問些什麼。

站在領獎臺上的魯豬豬
並非波斯凱王國的選手達利魯，
這件事早晚會露出破綻的。
如果東窗事發的話……

看來得要趕快將巧克力拿出來才行，
否則就不妙了。
魯豬豬立刻將金牌從脖子上取下來，
悄悄遞給藏身在領獎臺後方的佐羅力。
佐羅力則連忙用指甲摳金牌，
想尋找任何可以剝開金牌外殼的縫隙，
可是他怎麼找就是找不到。
急得滿頭大汗的佐羅力，
很想一下子用力的折斷金牌，

還想拿金牌去撞領獎臺，
可是金牌卻始終完好如初。
最後只剩這一招了！
當佐羅力用尖尖的牙齒
朝著金牌咬下去，

喀哩

一個低沉的聲音響起，
他的臼齒掉了。
佐羅力心中閃過不祥的預感。

看來，金牌裡面包著巧克力這件事，
應該只是佐羅力的想像而已。
佐羅力呆呆站在那兒一動也不動。

「喂，你有什麼話要說嗎……」
有人對著領獎臺上的魯豬豬喊。

那個人手上拿著一份貼了
達利魯照片的文件資料。

「事跡敗露啦，
魯豬豬，快逃。」

是——

魯豬豬從臺上一躍而下，跟著佐羅力和伊豬豬拔腿狂奔，結果他們卻被報社記者和攝影師團團圍住，以至於進退不得。

這時從另一頭，傳來「對不起，借過一下。」的聲音，穿越人牆現身的——

是鼠帝。

他對佐羅力伸出手。

嘿，你說好要給我的東西……

佐羅力知道這是他們唯一的機會了，於是他拉開嗓門大喊：

來，這就是您委託我們要取得的金牌，請收下！那麼，我們就此告辭——

他留下這些話，就拉著伊豬豬和魯豬豬跑了。

大家以為整件事全是鼠帝在幕後操縱，是他指示佐羅力他們搶金牌。

其實鼠帝根本完全不知情，他還說：

果然真品的光澤，看起來就是不一樣啊。

鼠帝拿著到手的金牌，正為了這面金牌能成為他的收藏品而洋洋得意。

然而，

喂，你給我過來——

我們有事要好好的詢問你……

警察一趕過來，就將鼠帝帶往偵訊室。

那天晚上，從運動會的賽場遠遠的傳來一陣又一陣喧騰的歡笑聲。
哼，你們說，那個拿到金牌的選手咬金牌的動作突然間被禁止，不管是誰都會誤認為裡頭包著好吃的巧克力吧？這次讓你們兩個這麼拚命的幫忙將金牌弄到手，真是不好意思啦。喏，我這裡有噗嚕嚕糖果公司的便宜貨——小小錢幣巧克力，先拿來送你們當禮物囉。
比起真的金牌，我寧願要這個，真是超感恩的。運動過後吃甜食總是特別好吃啊，這也讓我從明天起有了繼續加油的力氣。

還好最後鼠帝出現了，才救了我們一命呢。這件事全都變成鼠帝的錯，我想他現在應該也很傷腦筋吧！
就在鼠帝來到無人機的倉庫時，我突然靈光一閃，冒出一個「無人機」的冷笑話：「無人知黑洞和爛泥裡藏有豬換豬的大心機」，才想到那個計畫的。
那你是在什麼時候想到要讓我們雙胞胎兄弟在馬拉松比賽中互換身分這一招欺騙大家的計謀呢？

•作者簡介

原裕 Yutaka Hara

一九五三年出生於日本熊本縣，一九七四年獲得KFS創作比賽「講談社兒童圖書獎」，主要作品有《小小的森林》、《手套火箭的宇宙探險》、《寶貝木屐》、《小噗出門買東西》、《我也能變得和爸爸一樣嗎？》、【輕飄飄的巧克力島】系列、【膽小的鬼怪】系列、【菠菜人】系列、【怪傑佐羅力】系列、【鬼怪尤太】系列、【魔法的禮物】系列等。

•譯者簡介

周姚萍

兒童文學創作者、譯者。著有《我的名字叫希望》、《山城之夏》、《妖精老屋》、《魔法豬鼻子》等作品。譯有《大頭妹》、《四個第一次》、《班上養了一頭牛》、《那記憶中如神話般的時光》等書籍。曾獲「文化部金鼎獎優良圖書推薦獎」、「聯合報讀書人最佳童書獎」、「幼獅青少年文學獎」、「國立編譯館優良漫畫編寫」、「九歌年度童話獎」、「好書大家讀年度好書」、「小綠芽獎」等獎項。

國家圖書館出版品預行編目資料

怪傑佐羅力之好吃的金牌
原裕 文、圖；周姚萍 譯 --
第一版. -- 臺北市：親子天下, 2020.02
104 面；14.9x21公分. --（怪傑佐羅力系列；55）
注音版
譯自：かいけつゾロリのおいしい金メダル
ISBN 978-957-503-516-7（精裝）
861.59　　108017442

怪傑佐羅力系列 55

怪傑佐羅力之好吃的金牌

作者｜原裕（Yutaka Hara）
譯者｜周姚萍

責任編輯｜張佑旭
特約編輯｜游嘉惠
美術設計｜蕭雅慧
行銷企劃｜高嘉吟

天下雜誌群創辦人｜殷允芃
董事長兼執行長｜何琦瑜
媒體暨產品事業群
總經理｜游玉雪
副總經理｜林彥傑
總編輯｜林欣靜
行銷總監｜林育菁
資深主編｜蔡忠琦
版權主任｜何晨瑋、黃微真

出版者｜親子天下股份有限公司
地址｜臺北市 104 建國北路一段 96 號 4 樓
電話｜（02）2509-2800
傳真｜（02）2509-2462

網址｜www.parenting.com.tw
讀者服務專線｜（02）2662-0332
週一～週五：09：00~17：30
讀者服務傳真｜（02）2662-6048
客服信箱｜parenting@cw.com.tw
法律顧問｜台英國際商務法律事務所・羅明通律師
製版印刷｜中原造像股份有限公司
總經銷｜大和圖書有限公司
電話｜（02）8990-2588

出版日期｜2020 年 2 月第一版第一次印行
2023 年 11 月第一版第十次印行
定價｜300 元
書號｜BKKCH024P
ISBN｜978-957-503-516-7（精裝）

訂購服務
親子天下 shopping｜shopping.parenting.com.tw
海外・大量訂購｜parenting@cw.com.tw
書香花園｜臺北市建國北路二段 6 巷 11 號
電話｜（02）2506-1635
劃撥帳號｜50331356 親子天下股份有限公司

五輪匹克運動會新聞

專訪動物五輪匹克運動會大會標誌的設計者原裕先生

原裕先生，您這次設計的LOGO，真是完美的『樂夠』啊！大家看了都讚譽有加。不只五輪的設計充滿躍動感，完全吻合這場運動盛事的特色，氛圍實在是太棒了。我想請教，為了畫出這個標誌，您花費了多少心血？」

「『樂夠』？我只是想運動久了很累，又要跑來跑去、跳來跳去的，所以乾脆把五輪匹克運動會的五個圓圈，設計成動態的輪子，表示又跑又跳，真是『累夠』了，而不是『樂夠』啦。你還有其他問題嗎？」

「唔……」

「啊，對了，你是想知道我做設計有多辛苦是吧。這個呢，像這張海報印好之後，才發現賽場上少了聖火臺。沒辦法，我最後只好親手在兩千張海報上手繪聖火臺，結果整整一個星期熬夜沒睡，那大概是最辛苦的事了啦。」

「哦……」

修改後的海報就藏在這本書的封底喲。